DE BOCA BEM FECHADA

Liliana Iacocca

Ilustrações Marcos Guilherme

conforme a nova ortografia da língua portuguesa

Conhecendo
Liliana Iacocca

Pierre Yves Refalo

Liliana Iacocca nasceu em 1947 no italianíssimo bairro da Mooca, em São Paulo. Talvez tenha sido no seu bairro de casas baixas e ruas tomadas por crianças, brincadeiras antigas e muita imaginação popular, que Liliana aprendeu a dar uma forma tão viva a tudo o que é importante numa boa história para crianças e jovens. Seus livros encantam e divertem. Apaixonada por literatura, formou--se em Jornalismo e foi especialista em jogos, passatempos, palavras cruzadas, enigmas e labirintos. Autora de mais de 70 livros, além de várias traduções, Liliana recebeu muitos prêmios por sua obra. Faleceu em 2004.

DE BOCA BEM FECHADA

Puxa, onde o Tiago foi arranjar uma dupla de amigos tão estranhos?

Silêncio! O Tiago agora está com essa nova mania de não abrir a boca... Ou será que é uma doença rara?

Alguém tem de descobrir a verdadeira identidade da misteriosa Bianca. Você quer tentar?

De boca bem fechada
© Liliana Iacocca, 2004

Diretor editorial	Fernando Paixão
Editora	Claudia Morales
Editor assistente	Leandro Sarmatz
Coordenadora de revisão	Ivany Picasso Batista
Revisora	Cátia de Almeida

ARTE

Editora	Suzana Laub
Editor assistente	Antonio Paulos
Editoração eletrônica	Wander Camargo da Silva
Ilustração do personagem Vaga-Lume	Eduardo Carlos Pereira

CIP-BRASIL. CATALOGAÇÃO NA FONTE
SINDICATO NACIONAL DOS EDITORES DE LIVROS, RJ

I12d

Iacocca, Liliana, 1947-2004
   De boca bem fechada / Liliana Iacocca ; ilustrações
Marcos Guilherme. - São Paulo : Ática, 2004.
   72p. : il. -(Vaga-lume Júnior)

   Contém suplemento de atividades
   ISBN 978-85-08-09116-4

   1. Literatura infantojuvenil brasileira. I. Guilherme,
Marcos. II. Título. III. Série.

09-5113.   CDD: 028.5
                             CDU: 087.5

ISBN 978 85 08 09116-4 (aluno)
ISBN 978 85 08 09117-1 (professor)

2011
1ª edição
9ª impressão
Impressão e acabamento: Gráfica Caraibas

Todos os direitos reservados pela Editora Ática, 2004
Av. Otaviano Alves de Lima, 4400 – CEP 02909-900 – São Paulo, SP
Atendimento ao cliente: 0800-115152 – Fax: (11) 3990-1776
www.atica.com.br – www.atica.com.br/educacional – atendimento@atica.com.br

IMPORTANTE: Ao comprar um livro, você remunera e reconhece o trabalho do autor e o de muitos outros profissionais envolvidos na produção editorial e na comercialização das obras: editores, revisores, diagramadores, ilustradores, gráficos, divulgadores, distribuidores, livreiros, entre outros. Ajude-nos a combater a cópia ilegal! Ela gera desemprego, prejudica a difusão da cultura e encarece os livros que você compra.

Sumário

1. Prezada confusão — 7
2. Uma grande decisão — 10
3. Será que é mesmo paixão? — 13
4. Isto merece ser lido em voz alta — 15
5. O bafafá — 19
6. O centro das atenções da casa — 21
7. O locutor e o carteiro — 23
8. Uma desilusão — 25
9. Uma pessoa especializada — 28
10. A preocupação da cantora de ópera — 31
11. Meus mais secretos segredos — 33
12. Uma menina arrogante — 35
13. O mais idiota dos meninos — 37
14. "Yo soy un hombre de pocas palabras" — 40
15. Um bom aliado não pode ser xereta — 43
16. Quem é que possui a patente? — 46
17. Isso é golpe sujo! — 48

18. "O menino mais quieto do mundo"	51
19. Silêncio, mistérios, investigações	54
20. Alguém muito diferente	56
21. A cartada final	60
22. Meninas em ação!	62
23. Metida a espertinha	66
24. Um clube silencioso demais	68
25. A discussão continua...	70
26. A dúvida do amigo	71

1 *Prezada confusão*

Felipe e Roleman,

desta vez tenho milhões de novidades para contar. Fiquei um tempão sem escrever e juro que não foi por minha culpa. Aconteceram muitas coisas comigo, e só lendo esta carta vocês vão compreender.

Não pensem que me esqueci de vocês. Muito pelo contrário, nem querendo dava. Penso em vocês o tempo todo, e por incrível que pareça, tudo começou por causa das nossas cartas.

Já faz quase um ano que a gente se escreve, e eu fui guardando uma a uma as cartas que vocês me mandaram. Elas estavam na prateleira da estante, no meio de um livro de geografia que eu não uso mais.

Não sei se no seu país as coisas são assim. Aqui no Brasil, mãe, pai, irmã e todo mundo da família são pessoas muito xeretas. Não há quem aguente a xeretice delas.

Sempre querem saber tudo o que acontece, mexem onde não devem, fazem perguntas que não acabam mais.

Numa dessas xeretices, adivinhem o que aconteceu?

Exatamente o que vocês estão pensando: as cartas foram encontradas.

Naquele dia, quando fui tomar o café da manhã, reparei que minha mãe me olhava de um jeito esquisito, querendo saber coisas.

Estranhei muito. Estava tudo tão calmo, minhas notas tinham sido boas, fazia tempo que eu não me metia em encrencas... o que será que minha mãe queria saber?

Foi de supetão que ela falou:

— Conte tudo sobre esses seus amigos australianos, o Felipe e o tal de Roleman.

Imaginem como me senti ouvindo aquilo. Como será que minha mãe tinha adivinhado que vocês dois existiam?

— E não adianta mentir! — ela continuou. — É melhor falar a verdade de uma vez! Todas as cartas estão na gaveta do meu armário.

Enquanto falava, ela foi até o armário, abriu a gaveta, pegou as cartas e as colocou em cima da mesa, bem na minha frente.

Descobri que na verdade ela não tinha adivinhado coisa nenhuma, as cartas estavam mesmo todas ali.

Fiquei sem graça, envergonhado, em silêncio, olhando aquela papelada em cima da mesa.

Eram umas cinquenta cartas, e estava na cara que minha mãe tinha lido tudo aquilo.

Fui lembrando que nas primeiras cartas eu contava como era o Brasil, e vocês, como era a vida, o clima, as pessoas, os divertimentos na Austrália. Naquela época, vocês costumavam mandar recortes de revistas para eu conhecer melhor as paisagens do país.

No começo eu estranhava o Roleman. Como será que ele sabia tanta coisa interessante? E tinha tanta inteligência?

Aos poucos fui me acostumando, e era como se eu o conhecesse pessoalmente. Fiquei muito feliz quando ele me mandou uma foto. Depois disso, nós três ficamos grandes amigos e nos escrevíamos sobre tudo.

Enquanto eu ia lembrando, minha mãe continuava me olhando, com um sorriso no canto dos lábios, esperando que eu desse alguma explicação.

De repente, meu pai entrou na cozinha. Atrás dele veio minha irmã.

Os dois olharam para as cartas e, em seguida, para mim.

— São dos amigos dele — foi explicando minha mãe. — Amigos que moram muito longe e que nós não conhecemos.

— Quem são esses seus amigos? — perguntou meu pai.

Como não respondi, minha mãe continuou falando:

— É um menino chamado Felipe, que mora na Austrália, e um canguru chamado Roleman.

— Um canguru? — gritou minha irmã, pulando da cadeira. — Quer dizer que você tem um amigo canguru? De verdade? De carne e osso?

Dando risada, minha mãe contou que, além de tudo, o canguru pensava, falava e escrevia. Remexendo nas cartas, ela encontrou a foto e a mostrou para minha irmã.

— Que gracinha! — falou minha irmã agarrando a foto. — Dá pra mim? Vai ficar linda na parede do meu quarto.

— É que você não sabe o resto da história... — disse minha mãe, com ar de suspense, se dirigindo para o meu pai.

— Fala logo o resto da história! Já pela manhã tenho de aguentar toda essa complicação!

Meu pai estava quase perdendo a paciência e minha mãe continuou:

— ... esse Felipe e o tal Roleman vivem convidando para ele ir morar lá. E, pelo que li nas cartas, parece que ele está planejando ir.

— Quer dizer que você pretende ir morar na Austrália? — perguntou minha irmã. — Lá deve ser tão lindo!... E é tão longe!... Se você for, dá um jeito de me levar junto? E se eles oferecerem a passagem, peça duas!

Meus pais se entreolharam várias vezes. Percebi que eles tinham feito algum acordo sem palavras.

— Acho que esse tipo de assunto não deve ser discutido agora. Tenho de trabalhar e já estou atrasado. De noite conversaremos com calma — falou meu pai e, em seguida, foi para o trabalho.

— Acho que seu pai tem razão — disse minha mãe, enquanto tirava a mesa do café da manhã.

— Se eu recebesse uma proposta dessas, não pensaria duas vezes. Iria e pronto! — afirmou minha irmã, saindo da cozinha com a foto de Roleman nas mãos.

2 Uma grande decisão

Depois de toda aquela conversa, imaginem com que cara fiquei...

Também, quem é que tinha mandado minha mãe não deixar as cartas no lugar que estavam? E, além disso, ler uma por uma?

Eu sabia que não devia ser fácil para uma mãe descobrir que seu filho queria ir para a Austrália. Por outro lado, não era nada fácil para um filho explicar tudo o que eles queriam que eu explicasse.

Eu tinha certeza de que pelo resto da minha vida não iria ouvir falar de outra coisa. Isto é, de vocês dois, da Austrália, e de tudo mais.

— Pode levar as cartas — disse gentilmente minha mãe.

Enquanto eu recolhia as cartas, sem saber muito bem o que fazer com elas, tomei uma decisão.

Jurei para mim mesmo que não iria contar nada de vocês para eles, nem da Austrália, nem de nada. Perguntassem o que perguntassem, eu não abriria a boca.

Com as cartas na mão, fui para o meu quarto.

No corredor, esbarrei na minha irmã, e ela falou:

— Adorei a foto do canguruzinho! Pelo menos pra mim você pode contar a verdade. Essa história de ir para a Austrália e desses seus amigos é tudo invenção da sua cabeça, não é?

Fiz de conta que não ouvi.

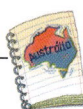

Já no meu quarto, coloquei as cartas no lugar delas, no meio do livro de geografia que não uso mais.

Fiquei parado e pensando.

Até que tive uma ótima ideia.

Fiquei na dúvida.

Sou daqueles meninos que falam muito, xingam muito e, quando ficam com raiva, chutam tudo o que encontram pela frente.

Será que eu iria aguentar? Será que eu iria conseguir?

Eu não sabia, mas mesmo assim arranquei uma folha de um caderno e escrevi:

A partir de agora, quem quiser falar, pedir, mandar, perguntar alguma coisa para mim, terá de ser por escrito. Qualquer palavra dita com a boca não receberá resposta. Agradeço muito.

TIAGO

Voltei à cozinha e coloquei o bilhete em cima da mesa.

Fiquei na expectativa.

Na verdade, eu estava me segurando para não chamar todo mundo de intrometido. Mas eu tinha de despistar e ganhar tempo, para que, de noite, eles não me fizessem milhões de perguntas.

Vi quando minha mãe leu o bilhete.

Ela empalideceu.

Foi depois disso que começou a mais complicada confusão que vocês podem imaginar.

3 Será que é mesmo paixão?

Quando meu pai chegou para o almoço, minha mãe chamou ele no quarto, fechou a porta e falou:

— Olhe a grande novidade! Agora ele decidiu não abrir mais a boca! E nos escreveu este bilhete. Leia o que está escrito.

Meu pai deve ter lido o bilhete, e disse logo em seguida:

— Vocês me desculpem, mas me parece que nesta casa está todo mundo ficando louco. De manhã vocês me mostram cartas de australianos e de cangurus. Agora me aparecem com essa outra.

— Acho que você não está levando a sério a situação. Pensei em muitas coisas; aliás, fiquei a manhã inteira pensando e cheguei à conclusão de que nosso filho está apaixonado. Com certeza por alguma menina da escola. Tudo o que está acontecendo é sintoma da primeira paixão. Silêncio total, cartas, bilhetes são sintomas de corações apaixonados — insistiu minha mãe.

— E o que eu posso fazer? — perguntou meu pai.

— Como? Você não sabe o que fazer? Temos de agir! Ele precisa ficar sabendo que a coisa mais natural do mundo é ficar apaixonado, e que também é muito normal ter amigos diferentes. Está certo que não precisava ser um australiano e aquele canguru. Podia ser um francês, um inglês, um argentino, algo mais comum, mas já que é assim...

— Aonde você está querendo chegar? — a voz do meu pai era de surpresa. — Talvez ele seja novo demais para se apaixonar desse jeito. Ele só tem onze anos.

— Você não entendeu nada! Idade não conta! Eu, com nove anos, já me apaixonava doidamente — ia afirmando minha mãe. — O grande problema é que ele não se comunica com a gente, não conta as coisas, não troca ideias.

— Não é que você tem razão? — concordou meu pai. — Ele não tem conversado com a gente, não tem contado as coisas, não tem dialogado.

— Estamos começando a nos entender — a voz da minha mãe era entusiasmada. — Tenho certeza de que devemos apoiar o Tiago. Se ele quer se comunicar por escrito, nós nos comunicaremos por escrito. Igualzinho ele faz com o australiano e o canguru. Quem sabe ele não fica mais feliz assim?

— Sabe que estou até gostando disso? Você tem mesmo razão!

Meu pai ia concordando, e eu escapei correndo da porta do quarto quando percebi que eles iam sair.

Quer dizer que minha mãe achava que eu estava apaixonado. Dá, então, para vocês compreenderem a confusão que eles estavam arranjando?

De onde é que ela podia ter tirado essa ideia?

Das cartas é que não era. Nunca tínhamos comentado nada sobre paixão.

Só sei que, na hora do almoço, ao sentar na mesa, encontrei este bilhete ao lado do meu prato:

Li o bilhete, e durante todo o almoço eles disfarçaram, fizeram de conta que eu nem estava ali, falaram sobre programas de televisão, esportes e outros assuntos.

Almocei, levantei da mesa, peguei minha pasta e, como faço todos os dias, fui para a escola.

4 *Isto merece ser lido em voz alta*

No caminho, fui pensando no que tinha acontecido. Eu estava morrendo de vontade de contar tudo para alguém, trocar ideias, pedir opinião.

O Alexandre, meu melhor amigo, chegou atrasado. A aula de português já tinha começado quando ele entrou na classe.

Como eu não conseguia pensar em outra coisa, mais do que depressa arranquei uma folha do caderno e escrevi:

ALEXANDRE

Você não imagina o que aconteceu hoje de manhã.

Minha mãe leu todas as cartas e descobriu que me correspondo com o Felipe, o menino australiano, e com o Roleman, o canguru.

Descobriu também que estou querendo viajar para a Austrália.

Ela contou tudo para o meu pai e eles exigiram milhões de explicações.

Decidi não abrir mais a boca e só me comunicar por escrito.

Foi quando tomei essa decisão que eles acharam que estou apaixonado e, de comum acordo, resolveram me fazer feliz se comunicando comigo por escrito também.

Imagine a confusão em que estou metido. Depois da aula eu conto o resto.

TIAGO

Vocês podem não acreditar, mas foi por causa desse bilhete que as coisas pioraram.

Por incrível que pareça, ou por falta de sorte mesmo, a professora viu quando passei o bilhete para o Alexandre.

Por incrível que pareça, a professora viu quando passei o bilhete para o Alexandre.

E ela foi logo falando:

— Por favor, Alexandre, me entregue esse papel.

O Alexandre me olhou, todo sem jeito, não sabendo o que devia fazer.

— Entregue já esse papel! — ela repetiu.

Fiquei todo agitado, sem saber se eu devia falar alguma coisa, inventar uma desculpa, ou arrancar o bilhete das mãos do Alexandre e picar o papel em pedacinhos.

Não deu tempo para nada.

O Alexandre teve de sair do lugar dele e entregar o bilhete para a professora.

Ela usa uns óculos grandões, de lentes grossas, que ficam horríveis na cara redonda que ela tem.

Só sei que ela ajeitou duas ou três vezes os óculos nos olhos e leu e releu o bilhete.

Eu suava frio e parecia que ela nunca mais iria terminar de ler o que estava escrito naquela folha de caderno.

— Muito bem! — repentinamente ela falou, olhando para mim. — Isto merece ser lido em voz alta. Acho que toda a classe está interessada nestas novidades.

E foi o que ela fez.

Leu o bilhete em voz alta e clara.

A classe inteira começou a dar risada, a se cutucar, a cochichar, a me perguntar coisas.

— Eu não tive culpa! — dizia o Alexandre. — Nem deu tempo para eu ler o que estava escrito.

— Silêncio! Silêncio! — a professora gritou. — Vamos continuar a aula.

Agora eu estava frito, com certeza. Na minha casa já sabiam de tudo, na classe também. Pelo resto da minha vida eu teria de dar explicações para todo mundo.

Pensando nisso, abaixei a cabeça e fiz de conta que estava prestando atenção na aula.

Quando a aula acabou e a professora saiu da classe, aconteceu o que eu menos esperava. Em poucos segundos, minha carteira ficou superlotada de papeizinhos escritos:

> TIAGO
> Adorei sua nova ideia de só se comunicar por escrito.
> BRUNO

> TIAGO
> Você é o menino mais interessante da classe.
> Me escreva contando as novidades.
> LUCIANA

> TIAGO
> Sempre gostei de cangurus e fico feliz por você estar pensando em ir morar na Austrália. Me mande um cartão-postal.
> TOMAZ

> TIAGO
> Por acaso é por mim que você está apaixonado?
> MARÍLIA

E assim por diante...

Na hora do recreio, a história toda correu de boca em boca, e os alunos das outras classes também ficaram sabendo de tudo.

Naquele dia, devo ter recebido uns quarenta bilhetes, perguntando, querendo saber se o que falavam era verdade, se eu tinha mesmo um amigo canguru, se eu ia mesmo para a Austrália, por quem eu estava apaixonado, como é que meus pais encaravam a situação...

Alguns bilhetes eram de elogio, outros me recriminavam, e outros, ainda, eram de pura gozação.

Querendo evitar maiores confusões, não sabendo o que falar, achei que era melhor ficar em silêncio até as coisas se acalmarem.

5   *O bafafá*

Foi quase na hora da saída que a diretora da escola mandou me chamar.

— Feche a porta, por favor — ela falou, quando entrei na saleta da diretoria.

Fechei a porta e fiquei na frente da mesa dela, tremendo muito, morrendo de vergonha.

— Já sei de tudo! Você não precisa dar explicações. A escola inteira não comenta outra coisa. Já conversei com seus professores e, depois de discutirmos o caso, chegamos à conclusão de que devemos respeitar sua atitude. Enfim, decidimos ficar do seu lado.

Falando, ela me olhava, curiosa.

Nem querendo eu iria conseguir responder alguma coisa. Aquilo era o absurdo dos absurdos.

Mas, mais absurdo ainda, foi quando a diretora pegou uma folha de papel sulfite e uma caneta esferográfica e colocou na minha frente.

Quase insistindo, ela disse com voz bondosa:
— Se você quiser escrever algo, sente-se e sinta-se à vontade.
Eu não sentei e não me senti à vontade.
Então ela continuou:
— Talvez você queira escrever sobre o seu amigo australiano e o canguru, ou mesmo sobre sua paixão impossível...
Detestei o jeito que ela pronunciou a palavra *canguru*.
Talvez foi por isso que peguei a caneta e escrevi na folha de papel sulfite:
Não, não quero.
— Pode ir e, se precisar, me procure — ela disse com a voz mais bondosa ainda.
Saí de lá sem saber onde enfiar a cara.
Na hora do jantar, encontrei outro bilhete ao lado do meu prato:

TIAGO

Fiz hambúrguer porque sei que você gosta.
Um beijo da sua mãe.

Fiquei sem saber o que a comida tinha a ver com todo o resto.
Comi o hambúrguer com bastante mostarda, exatamente como eu gosto.
Naquela noite, ninguém comentou nada sobre as explicações que eu teria de dar. Aquilo era sinal de que eles estavam levando a sério a situação.
Fui dormir, pensando que durante o dia inteiro eu não tinha falado nenhuma palavra.
Mas eu tinha certeza de que tudo iria acontecer como sempre acontece. Igualzinho quando levo bronca ou sai alguma briga. A gente dorme e na manhã seguinte tudo é muito diferente.
Imaginei que, na manhã seguinte, todos teriam se esquecido das cartas, dos bilhetes e da história toda.

6 *O centro das atenções da casa*

Não foi bem assim...
Nem bem levantei da cama, encontrei o papelzinho grudado com durex no espelho da pia do banheiro.

TIAGO
Escove bem os dentes.
Um beijo da sua mãe.

E, queiram ou não queiram acreditar, os dias que se seguiram foram assim: em casa, tinha bilhete em todo lugar em que eu passava ou mexia. Na mesa onde faço as lições, no meio dos meus livros, em cima da cama, na gaveta do criado-mudo, na torneira do chuveiro, ao lado do prato, do copo, dentro do armário de roupas, no bolso da minha jaqueta...

Era um tal de: "Tome o suco, estude matemática, leve sua bicicleta para o conserto, aqui está o dinheiro da sua mesada, arrume suas coisas, escreva contando as novidades...".

Minha irmã é que não estava gostando nada daquilo tudo.

— Como é? Vai falar ou não vai? — ela perguntava toda vez que me encontrava.

Ou dizia, fazendo pouco caso:

— Agora você conseguiu ser o centro das atenções da casa. Não era isso que você queria? Pode estar certo de que você não vai receber nenhuma linhazinha escrita por mim, não vai mesmo!

Na escola, me dispensaram das chamadas orais. Nenhum professor me perguntava nada na classe. Fiquei sendo o mais conhecido dos meninos.

— Aquele é o Tiago, o menino que só escreve — diziam alguns.
— Parece que ele colocou um cadeado na boca — diziam outros.
— Acho que é porque ele falava muitas mentiras — diziam uns outros.

Juro que não foi por vaidade, nem por exibicionismo, mas com o passar dos dias acabei achando a minha situação muito interessante, mesmo ouvindo essa tagarelice toda.

Não pensem também que eu ficava o tempo todo escrevendo, encucado, rachando a cabeça, procurando palavras e frases. Nada disso. Eu só escrevia quando a coisa me interessava muito.

Por exemplo, para o meu amigo Alexandre, que se sentia um pouco culpado por tudo e não se conformava com o que estava acontecendo.

Para ele eu escrevi uma longuíssima carta. Contei de vocês dois, da Austrália, da situação com os meus pais, de como tudo tinha começado.

Ele me respondeu, chegando a sugerir que, se eu não quisesse abrir a boca em público, nós dois poderíamos marcar um lugar secreto para conversar.

Fiquei de decidir sobre o caso.

Foi lá pelo quinto dia de silêncio, de cartas e bilhetes, não sei muito bem como aconteceu, mas acho que foi minha mãe que contou tudo para uma vizinha que é amiga dela.

É lógico que a vizinha foi correndo contar para o filho, o filho para os amigos dele e, em poucas horas, a rua inteira ficou sabendo.

Penso que foi nesse fala-fala, como se fazem as fofocas, que a coisa chegou aos ouvidos do sr. Aristides Monteiro Júnior.

7 *O locutor e o carteiro*

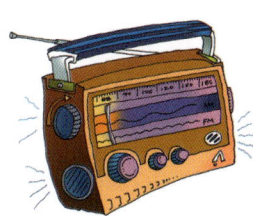

Foi a primeira carta que eu recebi pelo correio, com meu nome escrito no envelope, endereço, selo e tudo certinho.

A carta era escrita à máquina, linha por linha, em português perfeito. Lá no fim dela estava um carimbo e a assinatura: *Aristides Monteiro Júnior, locutor de rádio*.

Imaginem como me senti, assim, sem mais nem menos, recebendo uma carta de um locutor de rádio!

O melhor era que o sr. Aristides Monteiro Júnior tinha um programa de rádio que se chamava "A voz do canguru". Era um programa de variedades internacionais, isto é, um pouco de tudo o que acontece no mundo.

E, se ele falava como escrevia, o programa devia ser ótimo.

Adivinhem o que ele me pediu?

Vocês não vão adivinhar.

Ele pediu para eu escrever contando tudo, nos mínimos detalhes, sobre o canguru superdotado que eu conhecia. Isso porque ele estava interessadíssimo em que o Roleman participasse do programa dele, com contrato assinado e tudo mais.

Estava disposto também a pagar a passagem da Austrália para o Brasil, é lógico que com direito a um acompanhante e hospedagem em hotel cinco estrelas.

Imaginei, então, vocês dois chegando ao Brasil com sucesso total.

Quero que o Roleman me desculpe, juro que foi sem querer, mas fiquei tão entusiasmado, que, naquela noite, respondi à carta do sr. Aristides Monteiro Júnior e inventei muitas coisas.

Inventei que o Roleman cantava, tocava trombone, dançava e era equilibrista.

Logo na manhã seguinte, arranjei uns trocados para o selo e fui colocar a carta na caixa do correio.

Aquilo não me saía da cabeça.

Será que o sr. Aristides Monteiro Júnior estava escrevendo a sério? Será que ele iria acreditar em tudo o que eu tinha dito do Roleman?

Só sei que eu não via a hora de receber a resposta.

Exatamente quando eu voltava do correio, pensando no tempo que uma carta demora para chegar, encontrei o carteiro na porta da minha casa.

— Po... po... por fa... fa... vor, po... po... po... de... de... ria cha... cha... mar o... o se... se... nhor Tia... Tia... go... go? — o carteiro foi falando desse jeito mesmo, isso porque ele era totalmente gago.

Apontei o dedo indicando que o sr. Tiago era eu.

— Nã... não po... po... de... de se... ser. Tã... tão no... no... vo... vo e rece... ce... bendo tan... tan... ta co... co... rres... pon... pon... dên... ci... ci.. cia. De... de... ve se... ser se... seu pa... pa... pai.

Achando que o sr. Tiago era o meu pai, o carteiro colocou um montão de cartas nas minhas mãos. Todas para mim.

8 *Uma desilusão*

De quem eu poderia estar recebendo tantas cartas? Pelo jeito, a coisa tinha se alastrado bem mais do que eu imaginava.

Entrei em casa correndo, rasgando envelope por envelope, não aguentando a curiosidade, querendo saber o que tinham escrito para mim.

A maioria das cartas era de meninas. Dessas meninas que colecionam papéis de carta.

E me mandavam um monte de papéis com desenhinhos, bichinhos e frases escritas.

Tinha menina que simplesmente queria trocar papel de carta comigo, outras que mandavam versinhos escritos nos papéis, e outras ainda que queriam que eu fundasse o clube do papel de carta. Fora as que diziam estar louquinhas para me conhecer.

É lógico que eu não gostei dos papéis de carta que elas me mandaram. Sem dúvida, aquilo era coisa de menina.

Mas, lendo o que elas tinham escrito, acabei ficando convencido.

Quer dizer que meninas que eu nunca tinha visto na vida, de repente, só porque eu não abria mais a boca, desejavam imensamente me conhecer?

Vocês têm de admitir que qualquer um ficaria convencido com isso!

Também tinha carta de pessoas curiosas, querendo saber da minha vida, as de letra muito feia, que nem dava para ler o que estava escrito nelas, e as de gente que gosta de xingar os outros.

Elas me xingavam de rebelde, mal-educado, boca de trapo, e de outras coisas muito mais terríveis, que nem dá para escrever.

Lendo tudo aquilo, admiti que agora eu era um menino conhecido das pessoas. Elas comentavam a meu respeito, me escreviam, e muitas delas até me achavam interessante. Dia a dia eu vinha percebendo tudo isso.

Eram os vizinhos que sorriam delicadamente quando eu passava, era a diretora da escola que fazia tchauzinho quando me encontrava, era qualquer estranho que me olhava dos pés à cabeça.

Não pensem que eu não me preocupava.

Eu me preocupava e muito.

Toda noite, antes de dormir, eu pensava: "Hoje foi o meu último dia de silêncio. Amanhã acordo gritando, berrando, falando tudo o que me vier na cabeça, e quero ver quem é que vai me aguentar".

Sempre acontecia alguma coisa que impedia.

Podia ser um bilhete chato da minha mãe, um comentário que eu ouvia na escola, ou qualquer outro detalhe.

Mas, principalmente, era a tão esperada resposta do sr. Aristides Monteiro Júnior que me fazia continuar de boca fechada.

É lógico que, quando me via sozinho, no meu quarto ou tomando banho, andando na rua, eu cantava baixinho uma música

qualquer, a primeira que lembrava, só para conferir se a minha voz ainda estava no lugar dela.

— Pelo menos você vai deixar eu ler algumas dessas cartas? — minha irmã vivia me perguntando.

É que o carteiro, aquele gago que eu já falei, passou a vir na porta da minha casa todos os dias, carregadinho de cartas para mim.

Fiquei amigo dele, e o mais engraçado é que, como ele não sabia de nada e me via sempre quietinho, pensava que eu era mudo.

Deixei ele pensar e pronto.

Com tudo correndo desse jeito, exatamente como estou contando, as semanas foram passando.

Até que chegou o grande dia.

Li num fôlego só a resposta do sr. Aristides Monteiro Júnior.

Dessa vez, ele sugeria que planejássemos uma grande festa, com fogos de artifícios, baile, comes e bebes, muita gente, bumerangues de brinde, para quando vocês chegassem ao Brasil.

Respondi, e ele me escreveu de novo.

Escrevi outra vez e recebi nova resposta.

Apesar de gostar dele (é que, depois de todas as cartas, a gente já se conhecia um pouco), acabei ficando desiludido. Foi quando ele me escreveu, confessando que todos os planos tinham ido por água abaixo.

O programa "A voz do canguru" não iria receber o Roleman. Nada de vocês no Brasil, nada de festas, nada de nada.

Apesar de todos os esforços, o sr. Aristides Monteiro Júnior não tinha conseguido o dinheiro para as passagens. A emissora de rádio não liberou a verba.

9 Uma pessoa especializada

Fiquei com raiva e atirei longe a carta onde tudo isso estava escrito. Reparei que meu quarto estava atulhado de papéis, aliás, de cartas dos outros.

Por que será que as pessoas me escreviam tanto? Que graça elas deviam achar naquilo?

Uma a uma, aquelas cartas iriam para a lata do lixo. Sendo assim, tudo acabava.

Decidindo isso, chateado à beça, fiquei andando pela casa.

De repente, ouvi vozes, prestei atenção e escutei a conversa que vinha da sala de visitas. Minha mãe perguntou:

— Será que estamos agindo corretamente?

Meu pai respondeu:

— Agora já não sei mais. Estou pensando seriamente no assunto.

Minha mãe continuou:

— Pelo que andei averiguando, muito secretamente, aqui entre nós, ele está se correspondendo com um locutor de rádio, chamado seu Monteiro. Por acaso você o conhece?

A voz do meu pai se exaltou:

— Você sabe muito bem que não conheço nenhum locutor de rádio. Acho que você imagina demais e exagera as coisas.

Minha irmã entrou na conversa e falou:

— Não imagina, não! Eu também andei investigando, e ele recebe mesmo cartas desse que se diz locutor de rádio, o tal de Aristides Júnior. E também recebe cartas de muitas meninas, e também dos missivistas anônimos, pessoas que ninguém conhece e que escrevem para os outros, e também do clube de correspondência dos solitários. E do titio, da titia, dos primos, do pessoal da escola, da vizinhança, de vocês dois, e até dos avós. Sou a única que ainda não escrevi nada para ele. Juro que não vou entrar nessa bobagem toda!

Muito brava, minha mãe interrompeu minha irmã:

— Fique quieta, menina! Com isso você pode prejudicar tudo. Escreva para o seu irmão e pronto! Eu e seu pai já tomamos sérias providências. Fomos procurar uma pessoa especializada no assunto. Ela está pesquisando o caso, e logo teremos uma resposta. Apesar disso, continuo achando que tudo não passa de primeira paixão.

— Esperem sentados! — gritou minha irmã. — Juro que não vou escrever nada, nadinha! Vocês não percebem que ele está só querendo chamar a atenção?

Imediatamente me animei.

Não que eu tivesse gostado da conversa. É que aquilo queria dizer que eles continuavam superxeretas. E sabiam de tudo, nos mínimos detalhes, tim-tim por tim-tim.

É lógico que, mesmo sendo xeretas daquele jeito, gosto muito deles.

Além do mais, eles são engraçados.

Por causa de um bilhete bobo que um dia eu tinha escrito, meus pais levaram o fato tão a sério! E não conseguiam deixar de levar a sério.

Aposto que aí na Austrália não existem pais tão engraçados e sérios como os meus.

E, pelo jeito, ninguém conseguia tirar da cabeça da minha mãe aquela história de primeira paixão.

Por que ela não me perguntava e pronto?

Achei melhor que não. Eu não saberia o que responder.

Quem seria, então, aquela pessoa especializada que eles tinham procurado e estava pesquisando o assunto?

Será que era uma pessoa especializada em paixões?

Não há dúvida de que isso me deixava curioso.

Não sei se foi a curiosidade, ou a vontade de arranjar lugares secretos para esconder minhas coisas, que me fizeram continuar de boca fechada.

Escreva para o seu irmão e pronto!

Um pouco também foi por causa da dona Consuelo, do Peteca e da Bianca.

Foram eles que, sem querer, me ajudaram a esquecer definitivamente os planos do sr. Aristides Monteiro Júnior, e a vinda de vocês para o Brasil.

É lógico que não dá para contar dos três ao mesmo tempo.

10 A preocupação da cantora de ópera

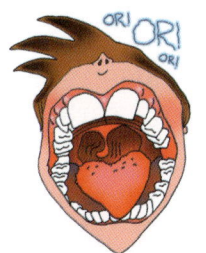

A dona Consuelo era uma velhota de uns 75 anos e se dizia preocupada comigo. Só para vocês terem uma ideia, a carta dela começava assim:

Garoto, eu não tenho nada com a sua vida, porém, estou preocupada. Soube de você por intermédio de um afilhado do meu sobrinho, que é seu colega de escola, e me senti na obrigação de escrever-lhe.

Onde já se viu, um menino da sua idade não abrir mais a boca?

Está certo que entendo muito pouco da nova geração, mesmo assim, sua atitude me parece absurda.

Não se conformando com o que estava acontecendo comigo, ela me mandava exercícios escritos em folhas de caderno de música.

É que a dona Consuelo era uma grande cantora de ópera.

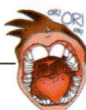

Todas as manhãs, durante quinze minutos, eu teria de treinar os exercícios:

— OR! OR! OR! OR! OR! OR! OR! OR! OR! OR! — *grave*
— OR! OR! OR! OR! OR! OR! OR! OR! OR! OR! — *médio*
— OR! OR! OR! OR! OR! OR! OR! OR! OR! OR! — *agudo*

Nem bem se passavam alguns dias, chegava nova carta com novos exercícios.

E ela me explicava o que era uma voz de soprano, de tenor, de barítono etc. Também me contava das grandes óperas, nos grandes palcos, com grandes vozes. Todas histórias cheias de grandes confusões.

Ela escrevia de um jeito engraçado, mesmo quando me dava bronca, e insistia no treino diário.

Quase por brincadeira, eu acabava treinando os exercícios e achava aquilo muito divertido.

Nunca escrevi nada para a dona Consuelo.

11 *Meus mais secretos segredos*

Foi num fim de tarde, em que eu estava passeando de bicicleta na calçada da minha casa... Ele se aproximou e me deu um envelope. Em seguida, saiu correndo. Não deu para ver direito como ele era, talvez um pouco mais escuro de pele do que eu, com um ou dois anos a mais.

O nome dele eu nunca soube. O apelido era Peteca.

Para vocês, que moram tão longe, posso contar alguma coisa do que o Peteca escreveu naquelas dez folhas de papel que estavam dentro do envelope.

Ele tinha uma vida livre, isto é, podia fazer o que bem entendesse, não sabia o dia em que tinha nascido, nunca tinha conhecido seus pais.

Ninguém se importava com ele. Morava por aí, cada dia num canto diferente.

Inventou, então, um jeito de ganhar um dinheirinho.

Como ele mesmo escreveu:

Ainda bem que aprendi a ler e a escrever. Por isso vivo de correspondência.

Isto é, ele passava na frente de uma casa qualquer, encontrava cartas na caixa de correspondência e se apossava de uma. Em seguida, tentava vender a carta para o dono dela, por qualquer trocado, sem ambições maiores.

Vocês devem estar pensando que isso é chantagem e que o Peteca era um chantagista.

Que nada! Ele demonstrava ter um ótimo coração.

Os outros é que cismavam com ele e vira e mexe chamavam a polícia.

É lógico que, para viver assim, no meio de perigos e de riscos, era preciso algumas artimanhas. Ele conhecia muitas e sabia lidar com todo tipo de gente. Com comerciantes, banqueiros, donas de casa, bicheiros e até contrabandistas.

O Peteca me relatou vários casos, um mais interessante que o outro.

Mesmo não achando muito certo o que ele fazia, eu tinha certeza de que o Peteca não estava totalmente errado. Ele se defendia do jeito que sabia.

Vocês devem estar se perguntando: "E como é que ele soube da sua existência?".

Muito simples. O Peteca se apossou e leu uma carta qualquer que estava na caixa de correspondência da minha casa.

Como ele mesmo escreveu:

Soube que agora você é um menino mudo como uma porta e gosto disso. Você é o menino certo para alguém como eu contar meus mais secretos segredos.

Descobri, então, que, se não fosse o meu silêncio, nunca eu teria conhecido alguém como o Peteca. Isso me deixou feliz.

Senti que ele se considerava meu amigo. Eu também me considerei amigo dele.

12 *Uma menina arrogante*

Quem me entregou o primeiro bilhete da Bianca foi a moça que prepara sanduíches na cantina da escola.

A Bianca tinha uma letra super-redonda, bem legível. Logo percebi que ela era uma menina arrogante; para falar a verdade, bastante metida.

Leiam o que ela me escreveu:

TIAGO

Se você gosta da Austrália, dos cangurus e dessa greve de palavras, eu não.

Falo como uma matraca e prefiro a África e os elefantes.

Mas adoro mistérios e quero apostar com você.

Aposto que, para descobrir quem eu sou, você vai ter de acabar com esse silêncio... e falar.

Você concorda que o prazo da aposta seja de quinze dias?

Meu pseudônimo é Bianca.

P.S.: Deixe a resposta ao lado da estátua da escola, na hora do recreio.

Quer dizer que ela me propunha uma aposta!

Onde já se viu, uma menina qualquer, que usava o pseudônimo de Bianca, vir me desafiar desse jeito?

Ela devia ser muito boba se pensava que eu iria ficar preocupado com esse tipo de aposta, e até falar para descobrir quem ela era!

Eu não estava interessado nisso e nem dei importância para o bilhete.

Acontece que, além de arrogante e metida, a Bianca era insistente. Por três dias seguidos, a moça da cantina continuou me entregando bilhetes:

TIAGO
Como é? Se acovardou?
Quer apostar ou não quer?
                          BIANCA

TIAGO
Por acaso está com
medo de perder a aposta?
                          BIANCA

TIAGO
Se você não tem coragem de apostar, pelo menos responda que não quer.
Entendeu?
                          BIANCA

O que ela estava querendo mesmo era não me deixar em paz. Quem poderia ser essa menina que tinha cismado comigo?

Sem dar na vista, comecei a observar os cadernos das meninas da minha classe para ver se eu reconhecia a letra.

Nenhuma delas escrevia com a letra da Bianca. E na escola tinha tantas meninas que era difícil saber.

Podia ser aquela loirinha do sexto ano cheia de sardas no rosto, e que vivia se intrometendo em tudo. Ou aquela magrela de nariz arrebitado, desajeitada à beça, que quando me via cochichava coisas com as outras.

Se eu começasse a pensar assim, podia ser qualquer uma delas.

Eu não sou nada covarde, principalmente quando encontro pela frente uma menina chata e teimosa.

Decidi, então, responder ao bilhete e escrevi que eu topava a aposta e o prazo de quinze dias que ela tinha dado.

13 *O mais idiota dos meninos*

A estátua da escola fica no meio de um pequeno jardim, entre a cantina, as quadras de esporte e o pátio.

Ela sempre esteve ali, mas para falar a verdade eu nunca tinha reparado direito como ela era.

Não podia existir homem mais feio do que aquele do busto da estátua. Sério, barbudo, esquisito.

Na placa de metal, debaixo dele, estava escrito: *General Ambrosino Mendonça* (1815/1877).

Eu sabia que esse general tinha participado de muitas batalhas. Na escola, todo ano eles ensinavam isso, mas eu nunca consegui guardar o nome de nenhuma das batalhas.

Só sei que me senti o mais idiota dos meninos quando deixei o bilhete ao lado do busto do general.

Fiquei andando pra lá e pra cá, disfarçando, com o canto dos olhos fixos no General Ambrosino.

Foi só pensar melhor, cheguei à conclusão de que a Bianca tinha cometido uma terrível falha.

Se eu ficasse por ali, observando quem se aproximava da estátua, logo eu descobriria quem ela era e ganhava a aposta.

O movimento dos alunos é sempre grande naquele horário. Os meninos correm nas quadras, as meninas passeiam, a cantina fica cheia de gente.

Fiquei andando pra lá e pra cá, disfarçando, com o canto dos olhos fixos no General Ambrosino.

Devo ter me distraído por alguns segundos. Eu tinha de voltar para a sala de aula e fui conferir. Meu bilhete não estava mais lá e juro que não percebi quando alguém se aproximou da estátua.

Recebi novo bilhete e deixei a resposta no lugar combinado.

E mais outro, mais outro, mais outro...

Todo dia acontecia a mesma coisa. Meu bilhete desaparecia e, por mais que eu ficasse por perto e de olho na estátua, não conseguia descobrir quem era a Bianca.

Nessas alturas, ela estava se divertindo às minhas custas e rindo da minha cara. Isso porque, se eu não sabia quem ela era, ela me via e sempre sabia tudo o que eu estava fazendo.

Minha raiva era tanta que quase cometi um erro definitivo. Por pouco não fiz perguntas sobre a Bianca para a moça da cantina.

Ainda bem que me controlei a tempo. De jeito nenhum eu queria perder aquela aposta.

Vai saber como é que a Bianca conseguia pegar o bilhete sem eu perceber?

Uma semana já tinha passado, e achei que a melhor solução seria inventar um novo "plano" para descobrir quem ela era.

Mas tudo o que me vinha na cabeça exigia que eu falasse. A Bianca tinha razão. Em silêncio seria muito difícil descobrir quem ela era. O tempo todo eu pensava nisso.

14 *"Yo soy un hombre de pocas palabras"*

Foi num sábado à tarde, enquanto eu estava assistindo televisão, que tocaram a campainha da minha casa.

Minha mãe foi atender e acompanhou um homem que eu não conhecia até a sala de visitas, que é encostada à saleta onde fica a televisão.

— Você está querendo saber quem ele é? Eu não, porque já sei. Ele me entrevistou, dei milhões de dicas pra ele — falou minha irmã, que estava sentada ao meu lado.

Continuei olhando para a TV.

— Se você quiser eu conto quem ele é. Com algumas condições...

Eu sabia de cor e salteado quais eram as condições dela. Ela vivia me provocando para eu falar pelo menos um *A*.

Logo imaginei que o homem devia ser aquele especialista, sobre o qual eu tinha ouvido minha mãe comentar.

Minha irmã ficou doidinha de raiva quando percebeu que eu não estava nem um pouco curioso. E ela continuou:

— Hoje ele veio até aqui só para conhecer você.

Exatamente naquele momento, o homem entrou na saleta e foi falando:

— *Usted es* Tiago? Gostaria de *hablar un poquito con usted. El barullo de la televisión* atrapalha *mis* ouvidos. Vamos para *otra* sala.

Levantei da frente da televisão, dei uma olhada de superioridade para minha irmã e segui o homem até a sala de visitas.

O homem sentou no sofá maior, e eu, no menor, bem na frente dele. Fiquei olhando para ele, sem encarar, é lógico, e quase caí na risada.

Ele era baixinho, gordinho, um pouco calvo. Usava um ternão esverdeado, gravata com listas grandes e coloridas, um lenço combinando com a gravata no bolso do paletó.

Eu nunca tinha visto roupa tão espalhafatosa.

Mas o mais engraçado era o bigode, com as duas pontas levantadas, em cima da boca pequena que ele tinha, e a tossinha.

A todo instante ele ajeitava as pontas do bigode, colocava a mão na frente da boca, e soltava aquela tossinha: Ah! Ah! Ah!

— *Yo soy un hombre de pocas palabras* — ele começou falando.

Logo deu para ver o que seria se ele fosse um homem de muitas palavras. Seria uma loucura.

Do momento em que ele começou a falar, não parou mais; só parava para soltar a tossinha, e continuava falando.

Ele devia ser argentino, chileno ou uruguaio. Algum desses. Misturava a língua dele com o português, e falava, falava, falava...

A ponto de atordoar quem estava ouvindo.

Enumerava uma a uma as pesquisas, com dados precisos, os livros que ele tinha escrito, os estudos sobre o meu caso, que era o famoso, o raro, o curiosíssimo, "complexo das *boquitas cerradas*".

Parecia que ele estava dando uma conferência.

No começo fiquei interessado, mas quando percebi que eu entendia pouca coisa do que ele dizia — e, realmente, detesto pesquisas cheias de números —, me distraí totalmente.

Fiquei me mexendo sem parar, coçando a cabeça, balançando os pés, pensando num plano para ganhar a aposta da Bianca.

Depois de quase uma hora, o especialista parou repentinamente de falar e, em tom seco, ordenou:

— *Puede* retirar-se!

Eu me retirei e voltei para a frente da TV. Minha mãe, então, entrou na sala de visitas.

Eu e minha irmã fomos colocar os ouvidos na porta, para escutar o que eles estavam falando.

O homem explicou para minha mãe que eu não tinha o "complexo das *boquitas cerradas*" e que eu não falava porque não queria falar.

— Que desilusão! Que desilusão! — dizia minha mãe.

Ouvindo a voz dela, me deu a impressão de que ela estava quase chorando por causa daquilo.

Por que será que minha mãe tinha ficado tão desiludida? Por que será que ela queria a todo custo que eu tivesse aquele complexo?

O homem falava palavras consoladoras, afirmando que ela ainda podia ter esperanças. Vai saber, se de um dia para outro eu não pegava o tal complexo e pronto.

— Bem feito! — disse minha irmã. — Você não tem o complexo!

Eu não estava compreendendo que vantagens levava a pessoa que tinha aquilo.

Descobri isso no dia seguinte, ouvindo minha mãe explicar tudo para meu pai.

Pelo jeito, de acordo com os profundos estudos daquele homem, quem pegava o "complexo das *boquitas cerradas*" ficava um ano sem falar nenhuma palavra e no futuro seria um grande gênio. Igual aos maiores gênios que já existiram na humanidade.

Depois de escutar as explicações da minha mãe, meu pai disse com voz triste:

— É uma pena! Mas a gente tentou.

Eu nunca tinha imaginado que meus pais quisessem ter um filho gênio. Admiti, no entanto, que as intenções deles eram boas.

Mas será que essa história do complexo não era invenção daquele homem?

Achei que era.

É que, falando sem parar como ele falava, ele convencia qualquer pessoa. E devia ter convencido meus pais.

Ninguém me tirava essa ideia da cabeça.

Sabendo que eu não seria um gênio, meus pais passaram a me achar supernormal.

— Precisamos ser naturais e afetivos com ele — ouvi minha mãe dizendo. — O amor é a fonte de todas as coisas, e paixões se curam com amor.

— Você tem razão! — meu pai falou. — Nosso filho necessita de muito amor.

Nunca eu tinha ouvido eles falarem assim. Nem pareciam meus pais falando.

E toda essa conversa por minha causa!

15 Um bom aliado não pode ser xereta

Acontece que era aquela atrevida da Bianca e a *nossa* aposta o que me preocupava acima de tudo. Eu não tinha dúvidas de que o Peteca seria a pessoa ideal para resolver o caso. Se ele estivesse do meu lado, com a esperteza dele, logo eu saberia quem era a Bianca.

Onde será que o Peteca estava? Como eu poderia encontrá-lo?

Eu sabia que encontrar o Peteca, numa cidade tão grande como São Paulo, era praticamente impossível.

Tive de me esquecer da ajuda dele.

Mas me convenci de que eu precisava de um aliado.

Cheguei a pensar no meu tio, irmão da minha mãe, que deve ter uns 35 anos.

Gosto muito da coleção de selos que ele tem. Dizem que é valiosíssima.

Sempre achei que esse meu tio não é xereta como o resto da família. E um bom aliado não pode ser xereta.

Acabei desistindo de procurar meu tio. Fiquei com vergonha e cheguei à conclusão de que dificilmente um adulto entenderia a situação.

O meu aliado chegou por conta própria, aliás, através de um pequeno bilhete.

Era o Alexandre, aquele meu amigo da classe. Ele dizia saber de tudo por intermédio de uma amiga da Bianca. Dizia também ter quase certeza de quem ela era.

Descobrindo quem era a Bianca ele viria me contar, num lugar secreto, de boca para ouvido.

Concordei na hora.

Nunca ninguém ficaria sabendo que eu tinha conversado com o Alexandre, e meu problema estava resolvido.

Confiei tanto nele que passei a deixar meus bilhetes na estátua e ir fazer outras coisas. Mudei também meu jeito de escrever:

BIANCA

Já sei quem você é. Só vou dizer no último dia da aposta.

TIAGO

BIANCA

Estou cansado de saber quem você é.

TIAGO

A Bianca continuou me escrevendo, sem se preocupar com isso.

Até que a moça da cantina me entregou um papel grandão, todo dobrado, escrito com enormes letras de forma:

> *FALTA SÓ UM DIA.*
>
> *BIANCA*

Imediatamente recorri ao Alexandre.

Dei o enorme papel para ele, crente de que ele já soubesse quem era a Bianca e iria marcar o encontro secreto comigo.

A resposta dele parecia um telegrama e era a mais triste que eu poderia esperar:

> *TIAGO*
>
> *Peça um prazo. Eu ainda não sei quem ela é. Já fiz todo tipo de investigação. Está difícil descobrir.*
>
> *ALEXANDRE*

Imaginem com que cara e de que jeito, naquele mesmo dia, fui até a estátua do General Ambrosino e deixei o bilhete pedindo mais quinze dias de prazo!

Para não ficar muito mal, inventei que eu ainda não queria dizer quem ela era, porque eu estava gostando daquele mistério todo e da nossa troca de bilhetes.

Insisti nesse negócio de mistério, sabendo que a Bianca adorava essas coisas.

Deu certo. Ela concordou e mandou uma resposta cheia de delicadezas e beijinhos no final. Mandou também lembranças para o meu amigo australiano e o canguru Roleman.

Escrevi pressionando o Alexandre, e ele garantiu que em menos de uma semana descobriria quem era a Bianca.

Tudo então estava correndo muito bem.

Na minha casa ninguém ficava sabendo de mais nada.

Era só encostar em mim, minha irmã cantava em ritmo de sambinha:

— Agora as cartinhas estão escondidinhas. Onde será que as cartinhas estão escondidinhas?

De fato, algumas eu levava sempre comigo, outras eu escondia, e outras, ainda, eu picava em pedacinhos e jogava fora.

16 Quem é que possui a patente?

Acontece que tem gente que não consegue deixar os outros sossegados, mesmo quando andam na rua.

Foi o caso do moço que encontrei naquela quarta-feira, na hora que eu estava indo comprar um gibi na banca de jornal.

Ele parou estático na minha frente, praticamente barrando o meu caminho.

O moço era alto e usava um chapéu enorme, afundado na cabeça. Olhando para aquele chapelão, lembrei de um ator de cinema.

Será que ele pensou que eu queria um autógrafo?

Foi só o moço tirar o chapéu para conversar comigo, descobri que ele não era o ator que eu tinha pensado. Era uma pessoa comum.

— Ouça-me por alguns instantes menino! — ele foi falando.

— Sou fabricante de sapatos. Sapatos de couro, de napa, de brim, de lona, de todos os tipos, sociais e esportivos. Meus sapatos são os melhores da praça, com o melhor preço. E o que eu quero, menino, é trocar ideias com você.

Ouvindo o moço falar tudo aquilo, quase sem querer, olhei para os sapatos dele. Eram novíssimos.

Fiquei pensando: "Que ideias um fabricante de sapatos teria para trocar comigo? Será que ele estava querendo me vender sapatos?".

De fato, os meus estavam bem gastos.

Ele, então, foi explicando:

— Sei que eu poderia fazer tudo sem consultar você. Mas pensei comigo: "E se os pais desse menino patentearam o nome, a marca, a ideia?". Por acaso eles patentearam alguma coisa?

O que será que ele estava querendo dizer com aquela história de nome, marca, ideia?

Que eu soubesse, *patentear* é registrar alguma coisa como sendo sua, só sua. Meus pais nunca tinham feito isso.

Ele percebeu que eu não estava compreendendo direito, e voltou a perguntar:

— Por acaso seus pais patentearam a marca *Canguru* e o nome *Roleman*?

Fiz que não com a cabeça.

— Perfeito! Perfeito! — ele falou todo entusiasmado, colocando outra vez o chapelão na cabeça e se distanciando de mim. — Vou patentear tudo agora mesmo, neste instante. Até logo, menino. Você não imagina o alívio que estou sentindo!

Ele andou uns cinco passos, olhou para trás e gritou: — Quando o novo sapato Canguru Roleman for lançado nas lojas, mando um par de presente para você. Você merece!

Quer dizer que ele estava com intenções de patentear e fabricar sapatos com o nome do Roleman!

Quem poderia ter falado sobre o Roleman para o fabricante de sapatos?

Bem que eu gostaria de saber.

Imaginei que devia ser conversa do sr. Aristides Monteiro Júnior, aquele locutor de rádio que queria trazer vocês para o Brasil.

Ele era um homem cheio de ideias. Tinha jeito de ser ideia dele.

Se, como eu estava pensando, fosse conversa do sr. Aristides Monteiro Júnior, torci para que ele não saísse por aí, contando e espalhando sobre o Roleman.

Agora tinha sido um fabricante de sapatos. Logo viriam os fabricantes de calças, camisas, paletós, cuecas, gravatas, lenços e outras mil coisas, querendo saber de quem era a patente.

Ainda bem que a patente não era minha.

17 Isso é golpe sujo!

Eu estava estranhando o Alexandre. Ele mal e mal me olhava, pouco me escrevia e nem tocava no assunto do encontro secreto.

Será que eu tinha agido corretamente deixando as investigações nas mãos dele? Será que assim eu iria ganhar a aposta da Bianca?

Lembrei do Peteca, vivo relendo a carta que ele me escreveu, só ele, acostumado a viver por conta própria, poderia me ajudar a descobrir quem era a Bianca. Pena que o Peteca não tem endereço fixo para eu escrever.

Para falar a verdade, eu já não aguentava mais ficar em silêncio.

A dona Consuelo, aquela cantora de óperas, continuava me mandando exercícios, cada vez mais complicados. E me dando muita bronca:

Garoto, você vai ou não vai acabar com essa brincadeira boba! Saia por aí gritando, cantando, xingando, se você preferir, mas pare com esse silêncio!

Juro que, se não tivesse a aposta no meio, eu já teria falado e pronto.

A Bianca continuava me escrevendo:

TIAGO

Sei que você quis ganhar tempo e sei também que você ainda não sabe quem eu sou. Confesse de uma vez!

BIANCA

E eu continuava respondendo aos bilhetes dela, sem confessar nada, é lógico.

Até que tive a ideia de um plano perfeito. Faltavam exatamente dez dias para vencer o segundo prazo da aposta.

Eu não iria precisar mais das investigações do Alexandre, nem de aliado nenhum, nem de ninguém.

Calmamente, coloquei meu plano em ação. Preparei tudo, como se prepara uma armadilha.

Arranjei um vidro de tinta vermelha, e, um pouco antes de deixar o bilhete ao lado da estátua, manchei o papel com a tinta. Coloquei tinta à beça.

Quem pegasse o bilhete ficaria com a mão manchada de vermelho. Bastava eu ficar por perto e observar as mãos das meninas.

Foi o que fiz. E tudo aconteceu mais rápido do que eu tinha imaginado.

Não consegui acreditar quando vi os dedos da Mariana, uma moreninha de cabelos curtos do quinto ano, todos manchados de vermelho.

Eu nunca teria desconfiado de que ela era a Bianca. Imaginem como fiquei feliz.

A Bianca é a Mariana... A Bianca é a Mariana... A Bianca é a Mariana... e ganhei a aposta.

Tive vontade de me aproximar dela e dar a entender que eu já sabia.

Ainda bem que não fiz isso.

Qual não foi minha surpresa quando percebi que as mãos da Priscila também estavam manchadas de vermelho!

Olhando melhor, descobri que a Cláudia estava com duas manchas vermelhas nas bochechas. E o nariz da Joana, os braços da Paula, o pescoço da Carolina, e várias partes do corpo de outras meninas que eu nem sabia o nome estavam manchadas de vermelho.

Reparei que elas iam se encostando e uma ia manchando a outra. Deviam estar adorando, porque se matavam de dar risada com aquilo.

Fiquei com vontade de sair pela escola gritando:

— Isso é golpe sujo! Isso é golpe baixo! Exijo explicações! — mas era exatamente o que a Bianca esperava que eu fizesse.

Tive de admitir que ela era muito esperta e me enganou direitinho.

Imaginei que, quando ela pegou o bilhete e percebeu a tinta vermelha no papel e nos dedos, imediatamente começou a manchar as outras meninas. Todas gostaram, pensando que fosse uma brincadeira qualquer.

18 "O menino mais quieto do mundo"

Só me restava provar para a Bianca que eu não estava preocupado com a aposta. Afinal, não era por causa dela que eu tinha deixado de falar.

Recebi um convite que veio a calhar. Era para um programa de televisão.

Eu conhecia o programa e gostava dele. Era de informações culturais, mas sempre apresentavam coisas raras, na seção "Acredite se quiser".

Já tinham apresentado um homem que deu a volta ao mundo a pé, outro que criava rinocerontes no quintal da casa dele e também uma menina que tinha dedos mágicos e transformava vidro em diamante.

Os produtores do programa souberam do meu silêncio e ficaram interessados nele. Sugeriram que eu me apresentasse como "O menino mais quieto do mundo".

Adorei a ideia. Imaginei a Bianca me vendo na TV.

Ela então descobriria que eu tinha coisas muito mais importantes para fazer na vida do que ficar brincando de apostar.

Achei isso o máximo e não via a hora de me apresentar no programa.

Acontece que sou menor de idade e, para aparecer na TV, eu precisava da autorização dos meus pais.

Entreguei o convite na mão do meu pai, esperando que ele assinasse e pronto.

Ele mostrou o convite para minha mãe, e os dois juntos disseram:

— Não! Você não vai à TV!

Olhei surpreso para eles.

— Se ele não quer abrir a boca, que não abra! — disse minha mãe. — O que não quero é que ele seja chamado de "o menino mais quieto do mundo"!

— Isso mesmo! — concordou meu pai. — Programas desse tipo são ridículos e sensacionalistas.

Era o cúmulo não deixar o próprio filho se apresentar num programa de TV!

Fiquei com raiva deles, sabendo que no fundo a culpa toda era minha. Quem tinha mandado eu me meter nas enrascadas que os outros arranjavam?

Primeiro minha mãe, que depois de ler as cartas cismou que eu estava apaixonado. Depois a diretora da escola, querendo respeitar minha atitude. Em seguida, as fantásticas promessas do sr. Aristides Monteiro Júnior. E, agora, a aposta que a Bianca tinha feito!

Fora o montão de cartas que eu continuava recebendo todos os dias.

Quem é que mandava todas essas pessoas ficarem me incomodando?

Para aparecer na TV, eu precisava da autorização dos meus pais.

Eu é que não era. Nem falando eu estava.

Achei que quem poderia me dar conselhos era a dona Consuelo, ela tinha idade, bastante experiência de vida, viajava pelo mundo com as óperas, conhecia gente de todo o tipo. Só que do jeito que eu estava me sentindo não consegui escrever nenhuma linha para a dona Consuelo.

19 Silêncio, mistérios, investigações

O pior veio da parte do Alexandre. Foi escrevendo isto que ele me deu a notícia:

TIAGO

Sinto necessidade de falar a verdade.

Do mesmo jeito que você gosta de ficar em silêncio, do mesmo jeito que a Bianca adora mistérios, eu me entusiasmei pelas investigações.

Entenda que, se eu descobrir quem é a Bianca, as investigações perdem a graça. Então, decidi não descobrir quem ela é, e continuar investigando, até me cansar disso.

Conheci meninas ótimas nas minhas investigações, e estou me divertindo muito.

Não quero que você fique chateado.

ALEXANDRE

Quer dizer que o Alexandre estava gostando das investigações e conhecendo milhões de meninas incríveis!

Imaginei ele fazendo uma pergunta aqui, outra ali, como quem não quer saber de nada. E não descobrir quem era a Bianca!

Não há dúvidas de que ele estava certo. Quem é que não gosta de investigar?

Não posso esconder de vocês que acabei ficando com um pouco de inveja do Alexandre, me sentindo sozinho e triste.

Tive vontade de verdade de ir para a Austrália, mas podia ser também a Argentina, a Itália, Portugal, ou qualquer outro lugar.

Enquanto eu voltava da escola, com passos lentos, ia pensando em tudo isso.

Minha irmã me esperava na porta de casa.

Alguma coisa muito boa devia ter acontecido, porque ela saltitava de alegria e, logo que me viu, foi falando:

— Você tem uma entrevista marcada para amanhã, às 9 horas da manhã. Você vai? Jura que você vai?

Aonde será que ela queria tanto que eu fosse? E continuou falando felicíssima, como se tivesse ganhado um presente:

— Você vai ser entrevistado pelo dr. Herbert Rudolf Smith, um representante turístico da Organização das Nações Unidas, a

ONU. Você já ouviu falar dessa organização, não ouviu? É muito importante.

Minha irmã é um ano mais nova do que eu, e é daquelas meninas que ficam entusiasmadas com qualquer novidade.

Preocupado com o que vinha acontecendo, como é que eu ia dar ouvidos para a conversa dela?

Entrando em casa, descobri que era verdade o que ela tinha falado. Minha mãe me entregou um convite oficial explicando tudo.

De fato, um representante turístico da ONU queria me fazer umas perguntas, e tinha marcado a entrevista para o dia seguinte, às nove horas da manhã. O carro dele viria me buscar e me trazer de volta.

Fiquei pensando: "O que será que esse representante turístico de uma organização tão importante como a ONU poderia querer saber de um menino como eu?".

20 *Alguém muito diferente*

Levantei da cama bem cedo e até escolhi a roupa para conversar com o dr. Herbert Rudolf Smith. Peguei uma calça azul de que gosto muito e uma camisa xadrez esverdeada, que eu tinha ganhado dos meus avós, de presente de aniversário.

O carro chegou às quinze para as nove. Era preto, de luxo, com chapa azul.

Pela primeira vez na vida eu ia subir num carro de chapa azul, igual às de consulado.

Minha irmã ficou na porta me olhando, morrendo de vontade de vir junto.

O motorista abriu a porta e sentei no banco de trás. Durante todo o trajeto ele não abriu a boca.

Chegando na frente do prédio, ele parou o carro no estacionamento e me acompanhou até a porta do elevador.

— Ele vai para o décimo andar — o motorista disse para o ascensorista.

Já no elevador, me senti envergonhado por estar ali.

Desci no décimo andar, sem saber onde colocar a cara.

Uma secretária uniformizada me esperava na porta do elevador e, com delicadeza, me indicou a sala em que eu deveria entrar.

A sala era enorme e não tinha ninguém lá dentro. Aproveitei e olhei tudo.

Tinha muitos quadros na parede, desses cheios de manchas coloridas, tinha uma mesa de vidro, uma cadeira atrás da mesa, uma cadeira no centro da sala e um enorme móvel de metal num canto.

— Pode sentar-se na cadeira do centro, Tiago — alguém falou.

Sentei na cadeira do centro e olhei para os lados, para ver quem estava falando comigo.

Incrível é que ninguém tinha entrado na sala depois que eu estava lá dentro!

Quem será que estava falando comigo?

— Não se assuste, Tiago. Sou eu que estou falando. Eu sou um computador.

Percebi, então, que era o enorme móvel de metal que estava falando comigo. E ele era um computador.

O computador continuou:

— Falo em nome do dr. Herbert Rudolf Smith e detecto verdades e mentiras na mente das pessoas. Você não precisa responder, simplesmente se concentre. Existe mesmo na Austrália um canguru chamado Roleman?

Não sei se me concentrei ouvindo um computador perguntar aquilo para mim. Só sei que me deu vontade de sair correndo dali de dentro.

Não deu tempo.

— Você está dispensado. Já recebemos a informação que queríamos.

Nem bem ele acabou de falar, a secretária que tinha me recebido abriu a porta, e o motorista estava ao lado dela, esperando por mim.

Sorrindo, ela me deu um pacotinho de presente, e o motorista me fez um sinal para acompanhá-lo.

Cheguei em casa às 10 horas em ponto, curioso para abrir o pacotinho.

Sabem o que tinha dentro dele?

Uma barra enorme de chocolate suíço!

Acabei dando metade da barra de chocolate para minha irmã, e imaginem como ela ficou feliz. Assim, sem mais nem menos, nós dois comendo chocolate suíço!

Não há dúvidas de que tudo aquilo era a coisa mais sofisticada e chique que já tinha me acontecido na vida.

Primeiro, ser chamado pelo dr. Herbert Rudolf Smith, que eu não vi e nem sabia como era. Depois, andar num carro de chapa azul; em seguida, ser entrevistado por um computador; e, por fim, ganhar uma barra de chocolate suíço.

É lógico que, quando o chocolate acabou, pensei melhor e fiquei com raiva.

Fiquei com raiva dos representantes turísticos da ONU, porque descobri que eles são muito xeretas. Eles adoram investigar os segredos dos outros, além do mais, usando um computador de detectar mentiras.

Acabei chegando à conclusão de que, perto deles, a minha família não é nada xereta.

Acontece que nunca mais o dr. Herbert Rudolf Smith me procurou, e eu nunca soube por que ele queria aquela informação.

Também, vai saber o que o computador detectou na minha mente!

Não me preocupei com isso. Só faltava eu me preocupar com o que um computador pensava de mim.

21 *A cartada final*

Eu olhava para o Alexandre e percebia que as investigações estavam indo às mil maravilhas. Ele vivia rodeado de meninas.

Às vezes tomando refrigerante com algumas delas, ou acompanhando outras até a sala de aula, ou sentado no banco do pátio, batendo papo com muitas outras.

E eu, sem saber o que fazer, ficava andando de um lado para outro e, quase sem querer, observando o General Ambrosino.

Juro que nunca detestei tanto uma coisa na vida como o General Ambrosino, aliás, a estátua dele. Bastava olhar para ela e eu me lembrava da aposta, e da Bianca, é lógico.

Se minha mãe descobrisse que eu estava pensando tanto na Bianca, ela logo diria que desde o começo eu estava apaixonado pela Bianca.

— Eu não falei? Eu tinha razão! Eu tinha mesmo razão!

Não gosto quando minha mãe acha que tem muita razão. Quando é assim, ela costuma não ouvir mais ninguém e continua com a razão dela.

Seria difícil explicar para minha mãe que a Bianca nem existia, que era só um pseudônimo e que tudo não passava de uma aposta.

Fiquei surpreso com a atitude da minha irmã.

Acho que foi por causa do chocolate suíço que ela me escreveu o primeiro bilhete.

E escreveu de um jeito esquisito:

ÊCOV ATSOG ED OÃN
RALAF ADAN.
UE OTSOG ED SOGIDÓC,
ARBUCSED O EUQ
IVERCSE.
AUS ÃMRI.

Olhei várias vezes para o papelzinho que ela me entregou, tentei ler o que estava escrito e não consegui. Era indecifrável. Parecia um monte de letras soltas.

Depois de olhar muito para ele, descobri que tudo não passava de uma brincadeira. Ela tinha escrito as palavras de trás para a frente. E compreendi o que ela queria dizer:

Você gosta de não falar nada. Eu gosto de códigos. Descubra o que escrevi. Sua irmã.

A partir disso, minha irmã não parou mais de me escrever, sempre com códigos novos que ela ia inventando.

Ou ela substituía uma letra pela outra, ou as letras por números, ou invertia as letras de uma palavra, ou inventava sinais para elas.

Decifrar os códigos me dava muito trabalho, mas não deixava de ser interessante. E foram eles que me deram uma ideia.

Faltava exatamente um dia para vencer o segundo prazo da aposta. Escrevi, então, uma longa carta, de três páginas, misturando todos os códigos que minha irmã tinha inventado. Tive muito trabalho para misturar todos eles.

Aproveitei que a carta era em códigos e contei muitas coisas nela. Na verdade, ela era bem confidencial.

Coloquei a carta dentro de um envelope, e escrevi em cima dele, do jeito normal, sem código nenhum:

Bianca, se você decifrar esta carta, eu falo e você ganha a aposta.

Eu não quis deixar o envelope ao lado da estátua do general: jurei que nunca mais eu queria vê-lo pela frente. Dei o envelope para a moça que prepara sanduíches na cantina e, sorrindo, ela falou:

— Pode deixar que eu entrego para a menina.

Imaginem quantas coisas passavam pela minha cabeça.

Será que a Bianca iria decifrar a carta? Como será que ela era? E, se eu descobrisse quem ela era, como ficariam as investigações do Alexandre?

22 Meninas em ação!

Naquela noite, nem consegui dormir direito. Fiquei um tempão me remexendo na cama, antes de conseguir pegar no sono.

Acordei muito cedo, sabendo que o dia fatal tinha chegado. Ou eu falava, ou não falava.

Eu estava com muita, muitíssima vontade de falar e desembuchar tudo o que eu não tinha falado durante quase três meses. Inclusive palavrões, esses palavrões normais, com que a gente xinga todo mundo. Eu tinha saudade deles.

Cheguei na escola pronto para que a qualquer instante acontecesse alguma coisa.

E aconteceu.

Entrei na classe e logo vi que em cima da minha carteira tinham colocado um bilhete, que dizia:

TIAGO

Espero por você atrás da sala da diretoria, na hora do recreio.

BIANCA

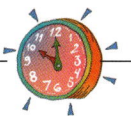

Assisti às primeiras aulas superagitado, por um lado, querendo que o tempo passasse depressa, por outro, não.

Nem bem o sinal tocou, saí correndo para o encontro.

A sala da diretoria fica distante de todo o resto da escola, e quase nenhum aluno passa por lá. Primeiro, porque lá não acontece nada, segundo porque ninguém quer ver a diretora pela frente.

Cheguei quase sem fôlego, e atrás da sala não tinha ninguém me esperando.

É lógico que quando me vi ali sozinho pensei em ir embora.

E ia saindo, quando, toda aflita, também sem fôlego, chegou a Carolina.

Exatamente a Carolina. Uma baixinha da minha classe, que senta bem atrás de mim.

Quando é que eu iria pensar que a Bianca era ela?

Nunca. Para falar a verdade, achei até sem graça a Carolina ser a Bianca.

Olhando para mim ela começou a fazer gestos com as mãos, tentando me dizer coisas, igual mímica.

Entendi, então, que ela não queria falar, esperando que eu falasse primeiro.

Comecei a fazer gestos também, perguntando, querendo saber se ela tinha decifrado ou não os códigos da minha carta.

Ela fazia de conta que não entendia o que eu perguntava.

Eu mexia as mãos cada vez mais, insistindo para que ela me compreendesse.

Distraído, nem percebi que tinha gente se aproximando.

Levei um susto quando a Mariana apareceu ao nosso lado, e toda furiosa gritou:

— Quer dizer que você queria passar na minha frente! E marcou este encontro por sua conta! Sua metida a espertinha! Eu é que sou a Bianca, fui eu que inventei o pseudônimo.

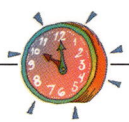

— Sua mentirosa! — berrou a Carolina. — Fui eu que sempre entreguei os bilhetes para a moça da cantina. Disso tenho provas! A Bianca sou eu!

De repente, apareceu a Gabriela, xingando:

— Suas tratantes! Vocês queriam me passar para trás! Fui eu que sempre escrevi os bilhetes. Basta conferir a letra para descobrir que eu sou a Bianca!

— Que bobagem! Se não fosse eu a ditar os bilhetes, ela nunca teria escrito nada! Portanto, não há dúvidas de que a Bianca sou eu — chegou falando, toda nervosa, a Paula.

Em seguida, entrando na discussão e falando mais alto do que todas as outras juntas, veio a Juliana.

— Passei a noite em claro, decifrando os códigos da carta. E decifrei todos eles. A Bianca sou eu, e basta!

Chegou também um monte de outras meninas, todas elas dizendo que eram a Bianca.

Umas porque tinham recolhido os meus bilhetes ao lado da estátua, outras porque me vigiavam o tempo todo, e outras ainda que, no meio daquela confusão, nem dava para ouvir direito o que elas falavam.

Sendo assim, nunca na vida eu teria descoberto quem era a Bianca!

Só sei que elas se xingavam, reclamavam, berravam, e eu só estava esperando a hora que saísse tapa e puxão de cabelo.

Elas brigavam tanto que se esqueceram totalmente de que eu estava ali, olhando aquilo tudo.

Até que eu não aguentei mais ouvir aquela discussão e gritei com a voz mais forte que eu podia:

— Chega! Chega! Chega!

O silêncio foi total.

Elas me olharam assustadas, boquiabertas, surpresas. E não sabiam o que falar.

Nem eu sabia como continuar o assunto e caí na risada.

Elas começaram a rir também.

Chegou também um monte de outras meninas, todas elas dizendo que eram a Bianca.

23 *Metida a espertinha*

Naquele momento, chegou o Alexandre.

— Eu ia passando por aqui, ouvi uma barulheira danada e vim ver o que estava acontecendo. — Com ar surpreso, me encarando, ele continuou: — Nestas alturas, você já deve ter descoberto quem é a Bianca. Cansei de investigar à toa, e estou curioso para saber quem ela é. Depois de todas as investigações que fiz, não consegui nenhuma pista.

Foi só ele falar isso, a Mariana pulou gritando:

— A Bianca sou eu! Fui eu que tive a ideia e até escolhi o pseudônimo.

— É lorota dela! Fui eu que decifrei a carta e a prova está aqui! — berrou a Juliana, tirando um papel todo amassado do bolso da blusa, e mostrando a carta decifrada.

Uma a uma, as outras meninas começaram a gritar, cada uma delas dizendo que era a Bianca, e a briga recomeçou.

É lógico que, no meio daquela confusão, a carta tinha muito pouca importância. Do que aquelas meninas gostavam, era de brigar.

Eu e o Alexandre estávamos ali parados, feito idiotas, ouvindo aquela gritaria toda.

Quase cochichando, falei para o Alexandre:

— Vamos embora, senão daqui a pouco vai sobrar uns sopapos pra nós.

Fomos andando, e eu ia falando.

Eu falava sem parar, contando muitas coisas que tinham acontecido comigo, perguntando outras para o Alexandre e, na verdade, não sabendo se eu tinha vencido ou perdido a aposta.

Também, depois de ter descoberto que a Bianca era aquele bando de meninas juntas, ganhar ou perder a aposta não queria dizer nada.

Os professores é que não gostaram de me ver falando.

Deram bronca o tempo todo, me mandaram calar a boca, não distrair os colegas, me concentrar na aula e tudo o que um professor costuma falar.

Sem dúvida, eles quiseram descontar as broncas que não tinham dado em mim durante todo o tempo que fiquei em silêncio.

24 *Um clube silencioso demais*

Quando cheguei na porta da minha casa, reparei que um homem estava ali parado, como se estivesse esperando alguém.

Nem olhei para ele e fui abrindo a porta. O homem fez um gesto para eu não entrar ainda e, de dentro de uma maleta, tirou um cartãozinho e um papel dobrado.

Em seguida, deu os dois para mim.

No cartãozinho estava escrito:

CLUBE DO SILÊNCIO

O CLUBE MAIS SILENCIOSO DO MUNDO

Os sócios deste clube só falam em caso de extrema necessidade.

Desdobrei o papel e vi que era uma ficha de inscrição.

Pelo jeito, aquele homem estava me convidando para ser sócio do tal clube. Eu já tinha ouvido falar em muitos clubes esquisitos, mas nesse, nunca.

Como então eu iria explicar para ele que eu não estava querendo ficar em silêncio, nem ser sócio do clube dele?

Ele me olhava, esperando que eu fizesse alguma coisa, preenchesse a ficha, não sei.

Reparando melhor, achei a cara dele silenciosa demais para o meu gosto.

Não querendo ser mal-educado, falei a primeira coisa que me veio na cabeça:

— Senhor, me desculpe, meu caso é de extrema necessidade. Preciso entrar em casa correndo para fazer xixi.

Ele arrancou os papéis da minha mão e foi embora.

Nem bem coloquei os pés na saleta, o telefone tocou.

Fazia tempo que eu não atendia um telefonema. Era para minha irmã.

Dei um grito:

— Graziela, Graziela, telefone para você. Ela veio correndo.

— Telefone para você — eu falei.

— Você está falando! Jura que está falando? — ela gritou furiosa. — Você sempre acaba com a graça de tudo. Justo agora você foi falar. Justo agora que eu estava inventando o código mais secreto que já consegui inventar. Você não passa de um estraga prazeres!

— O telefonema é para você — eu repeti.

— Fala que eu estou brava, muito brava, e que não quero atender ninguém!

Naquele instante, minha mãe entrou na saleta e não entendeu nada.

— Quer dizer que você já começou arranjando brigas! — ela disse.

— Não sou eu que estou brigando! É ela! — falei, me desculpando.

— Isso não interessa! Não quero discussões nesta casa!

25 A discussão continua...

Naquela noite, meus pais vieram conversar comigo. Eles estavam calmos e felizes.

Não me fizeram nenhuma pergunta indiscreta, e era como se nada tivesse acontecido.

Na hora que eu saí da sala para ir dormir, ouvi meu pai perguntando para minha mãe:

— Você não acha que ele descobriu que a Austrália fica muito longe do Brasil e que lá ele iria sentir saudades?

— Eu não acho nada disso! — respondeu minha mãe. — Eu ainda acho que tudo não passou de uma primeira paixão.

— Você não muda mesmo de ideia! Você é uma cabeça-dura!

— Detesto quando você fala assim comigo! Cabeça-dura é você, que não entende dessas coisas!

E os dois ficaram discutindo sobre qual deles tinha a cabeça mais dura.

26 *A dúvida do amigo*

É lógico que não foi de um dia para outro que tudo voltou ao normal.

Teve quem ficou contente, teve quem estranhou, e teve quem nem percebeu que eu estava falando de novo.

Não pensem também que aconteceram grandes mudanças. Meus pais continuam xeretas como sempre foram.

Só que não ligo tanto para isso.

Tenho feito novas amizades, principalmente com as meninas da escola. Outro domingo, fui ao cinema com uma delas.

Nas últimas semanas andei superocupado, estudando para as provas escolares.

Uns dias atrás, me deu vontade e resolvi contar tudo para alguém. Então, comecei esta carta.

Toda noite eu ia escrevendo um pouco e relembrando os acontecimentos.

Descobri que escrevendo a gente diz as coisas de um jeito e, falando, diz de outro bem diferente.

Hoje o Alexandre veio aqui em casa, e mostrei para ele as cartas que estavam guardadas no meio do livro de geografia, as mesmas que minha mãe tinha encontrado. Lemos uma por uma, e ele perguntou:

— Mas, cá entre nós, eles existem mesmo ou foi você quem inventou tudo isso?

Conversamos um tempão sobre o assunto, mas eu não respondi nem sim, nem não.

E vocês, o que acham? Devo contar ou não?

Um grande abraço, do sempre amigo,

TIAGO.

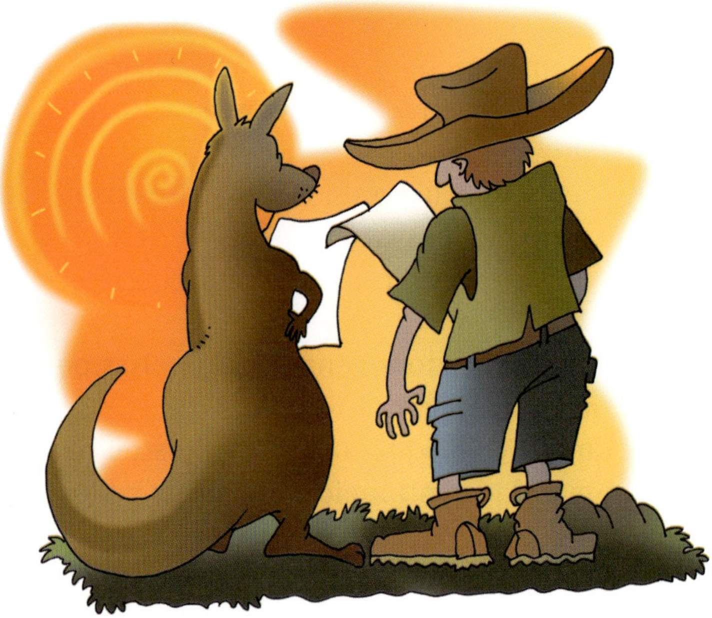